COMMENT J'AI SAUVÉ LE NOËL DE MONSIEUR BECQUET

COMMENT J'AI SAUVÉ LE NOËL DE MONSIEUR BECQUET

FABIEN DELORME

COMMENT J'AI SAUVÉ LE NOËL DE MONSIEUR BECQUET

Moi au début je ne voulais pas être là. C'est Maman qui m'avait obligé. Elle m'avait dit : « Antoine, mon poussin, je t'ai trouvé une nouvelle mission pour ton travail de détective privé ». Parce que je ne sais pas si vous savez, mais il y a quelques temps, maman, chez qui je vis, a estimé qu'à trente-cinq ans il était grand temps que je me trouve un travail. Et détective privé, ce serait très bien pour toi, qu'elle m'avait dit. Parce qu'un détective privé, ça passe son temps devant son ordinateur, et toi, tu aimes bien passer ton temps devant ton ordinateur, mon poussin. Qu'elle m'avait dit.

Alors, pourquoi est-ce que je me suis retrouvé là, déguisé en Père Noël, au beau milieu de ce centre commercial, avec tous ces enfants qui piaillaient dans tous les sens ? Vous pouvez m'expliquer ?

C'était un samedi après-midi, deux jours avant Noël. La pire période de l'année ! Le centre commercial était bondé, il y avait du monde dans toutes les allées, les gens étaient serrés les uns contre les autres, les bras chargés de cadeaux emballés dans du papier brillant. Ils portaient tous des bonnets et des écharpes, parce que c'était l'hiver, évidemment. Sauf qu'il faisait une chaleur étouffante à l'intérieur, et j'étais bien placé pour le savoir, moi qui étais au troisième étage, tout en haut, en plein milieu du passage, juste en face de l'escalator qui vomissait des clients en permanence.

Tous les magasins autour de moi étaient joyeusement illuminés, décorés de guirlandes et de fausse neige sur les vitres, et tentaient d'appâter le chaland à grands renforts d'affiches promotionnelles, moins 50 % par-ci, moins 60 % par-là. Les hauts-parleurs diffusaient à tue-tête tous les plus grands tubes de Noël en boucle, d'ailleurs c'était sans doute la trentième fois de la journée que j'entendais le « Petit Papa Noël » de Tino Rossi, ce qui voulait dire que « Rockin' around the Christmas tree » n'allait pas tarder à passer, une fois encore.

Et moi, j'étais en plein milieu de ce stand de Noël, avec un immense sapin en plastique décoré juste à côté de moi, avec une petite cabane en bois quelques mètres plus loin. J'étais assis sur un faux trône en contreplaqué, sous un costume en laine rouge trop petit pour moi (monsieur Becquet, le directeur, avait même dit « c'est bien, pas besoin de mettre du rembourrage au niveau de votre ventre » et ça franchement, ça ne se fait pas, surtout que je fais des efforts ces derniers temps), dans un pantalon en lycra beaucoup trop moulant, avec un bonnet rouge ridicule dont le pompon à grelot n'arrêtait pas de me taper dans la nuque en faisant gling-gling. En plus de ça, on m'avait collé sur le menton une barbe blanche tellement épaisse que, pour la première fois de ma vie, je transpirais du visage. Je ne savais même pas que c'était possible !

Et le pire, dans tout ça, c'était que je devais garder le sourire, accueillir des gosses sur mes genoux, et leur demander ce qu'ils voulaient pour Noël et s'ils avaient été bien sages. Alors que je déteste les gosses !

Mais je me consolais en me disant que si je faisais tout

cela, ce n'était pas par pur masochisme, ni même juste pour faire plaisir à Maman.

Non. J'avais une mission à accomplir.

Une mission secrète.

Parce que, voyez-vous, monsieur Becquet, le directeur du centre commercial, était aussi propriétaire du magasin de jouets situé juste en face de mon stand. Et il trouvait qu'il s'en passait des vertes et des pas mûres dans son magasin. De l'argent qui disparaissait des caisses. Des jouets qui entraient et qui sortaient du stock, sans raison. Il ne trouvait ça pas normal, alors il avait fait installer des caméras de vidéosurveillance. Sauf que les caméras n'avaient rien filmé d'intéressant.

Alors il était allé voir Maman, parce qu'ils se connaissent bien tous les deux (ils jouent au bridge ensemble, au club de Pouvaines-en-Auvoise, la ville où je vis) et lui avait expliqué son problème. Et, comme je suis détective privé depuis que Maman m'a forcé à l'être, elle s'est dit « Hop ! Une nouvelle mission pour mon Antoine ! »

Et je ne pouvais pas décevoir Maman, vous comprenez bien.

C'est une drôle de mission, de surveiller les salariés d'un magasin de jouets. Mais, c'était Noël, et monsieur le directeur avait l'air bien triste, et moi, je ne voulais pas que le Noël de monsieur Becquet soit gâché.

Et c'est alors qu'il était près de dix-neuf heures, que le magasin allait bientôt fermer ses portes, et que j'étais allé me réfugier dans le petit cabanon pour me changer parce qu'un jeune garçon avait eu peur de moi et s'était fait pipi dessus pendant qu'il était sur mes genoux, que je vis enfin quelque chose d'étrange dans le magasin de jouets.

Un homme, déguisé en Père Noël lui aussi, venait d'entrer dans le magasin. Contrairement au mien, je dois bien avouer que son costume était impeccable. Une belle barbe bien blanche, impeccablement collée, tellement bien que l'on avait presque envie de tirer dessus pour vérifier si elle était vraie (d'ailleurs un des enfants avait fait pareil avec la mienne dans la journée, ce qui m'avait fait un mal de chien vu qu'elle était bien collée, donc je m'étais un peu énervé, l'enfant était reparti en pleurant dans les bras de sa mère en colère, pendant que je lui criais qu'il n'aurait plus jamais de cadeau et que de toute façon je n'existais pas). Il avait pris avec lui un grand sac en toile de jute, le genre de sac où le Père Noël range les jouets avant de les mettre au pied du sapin.

N'importe qui d'autre que moi aurait trouvé cela anodin. Après tout, quoi de plus banal qu'un Père Noël qui entre dans un magasin de jouets en décembre ?

Seulement, à moi, on ne la fait pas. Je suis un fin limier. Un professionnel. Et quelque chose, dans l'attitude de ce bonhomme, me mettait mal à l'aise.

Toujours caché dans ma petite cabane en bois, je le regardai, à travers la vitrine du magasin, entrer dans la boutique, et regarder à droite à gauche, comme s'il avait quelque chose à se reprocher, avant de disparaître parmi les rayons.

Cinq minutes plus tard, je le vis prendre le chemin de la sortie, l'air innocent. Son sac était manifestement plein à ras bord, alors qu'il était vide quand il était entré. Il ne passa même pas par la caisse.

Je n'en croyais pas mes yeux. Un voyou venait de profiter de la sympathie que suscite le Père Noël pour commettre un méfait.

J'aurais pu me jeter sur lui, crier « au voleur », l'interpeller, et envoyer cette crapule derrière les barreaux. Mais je préférai ruser. Je décidai de le suivre discrètement. Peut-être allait-il me conduire sans le savoir vers son repaire, où il cachait des milliers de jouets volés ici ou là.

Je remis en tout hâte mon pantalon qui sentait encore un peu l'urine mais pas trop, remis mon bonnet rouge à grelot sur ma tête, et sortis de mon cabanon comme si de rien n'était.

Puis je pris l'escalator qui descendait vers le deuxième étage, comme le voyou venait de le faire.

Quand j'arrivai au rez-de-chaussée, au beau milieu de l'allée centrale du centre commercial, alors que les derniers acheteurs quittaient le bâtiment et que les boutiques baissaient leur rideau de fer les unes après les autres, j'étais essoufflé, la sueur me coulait tout le long du corps, et surtout, le Père Noël après lequel je courais avait disparu.

Je passai la porte automatique et me précipitai dehors. Dans la rue, d'épais flocons de neige tombaient doucement au sol. Les trottoirs se couvaient peu à peu d'un joli tapis blanc. J'aimais bien. C'était féérique. Certains passants protestaient en glissant sur la neige fraîche, tandis que les enfants s'amusaient, la bouche grande ouverte, à essayer d'avaler les flocons qui tombaient. Il faisait froid, mais j'étais tellement couvert que je me sentais plutôt bien.

En tout cas, j'avais beau regarder de tous les côtés, pas moyen de trouver mon voleur déguisé en Père Noël. Je me précipitai vers un vieux monsieur qui avait un chapeau sur la tête et un manteau de laine épais, la tête rentrée dans les épaules, et qui se concentrait en marchant pour ne pas glisser. Je lui demandai :

— Excusez-moi, monsieur, vous n'auriez pas vu un Père Noël par hasard ?

Il releva la tête, me regarda de la tête aux pieds, et semblait gêné, comme s'il n'osait pas me répondre. C'est alors que je me rappelai que j'étais moi-même vêtu d'un costume rouge.

— Non, pas moi, dis-je à voix basse. Évidemment. Un autre. Moi je suis détective privé. Je suis ici incognito.

Il me détailla une nouvelle fois. À la manière dont il me regardait, je me demandai s'il ne me prenait pas pour un demeuré. Je préférai m'éloigner de lui, et demandai à une dame qui passait juste à côté, qui tenait des sacs dans une main, et un jeune enfant dans son autre bras :

— Bonjour madame, je cherche un Père Noël, pas moi, un autre. Il avait un sac plein de jouets.

Elle n'eut pas le temps de me répondre que son enfant s'écria :

— Oh regarde maman ! C'est le Père Noël !

Je sentais bien que je n'allais pas m'en sortir. Le faux Père Noël s'était comme volatilisé. Et puis, je commençais à avoir froid tout compte fait, et je n'avais pas envie d'attraper une pneumonie quelques jours avant Noël. Je préférai rentrer au chaud, dans le centre commercial, et retourner à mon poste d'observation.

Et, croyez-moi, je n'étais pas au bout de mes surprises.

Arrivé au troisième étage, je me rendis compte que le rideau de fer du magasin de jouets n'avait pas encore été abaissé. Toutes les autres boutiques étaient fermées désormais. Il n'y avait plus de clients dans le centre, seulement quelques vendeurs qui venaient de quitter leur poste de travail et se dépêchaient de partir en rouspétant qu'ils allaient encore être pris dans les bouchons.

Je rentrai dans le magasin de jouets, l'air de rien, toujours vêtu de mon costume de Père Noël.

À l'intérieur, il n'y avait personne. Les lumières étaient

encore allumées, les rayons toujours pleins de jouets, les hauts-parleurs diffusaient toujours « We wish you a Merry Christmas » en boucle, partout dans les rayons les guirlandes clignotaient, mais il n'y avait personne. Pas de client. Pas de vendeur. Pas de vigile.

J'errais à travers les rayons, me disant que, forcément, je finirais bien par trouver quelqu'un.

C'est alors que mon regard tomba sur une poupée Pop de Spiderman (si vous ne connaissez pas, les poupées Pop ce sont des petites figurines avec de grosses têtes, et si vous pensez que je suis trop vieux pour ça, sachez que les adultes en achètent sans doute plus que les enfants). C'était une édition limitée ! Elle était introuvable. Et là, devant mes yeux, il en restait une. La toute dernière.

J'étais en train de me dire que j'allais m'offrir cela pour Noël (on n'est jamais si bien servi que par soi-même), quand j'entendis un bruit métallique, au loin, vers l'entrée du magasin. Un bruit de moteur, tournant au ralenti. Le rideau de fer ! J'étais en train de me faire enfermer.

Je me précipitai dans l'entrée, mais il était trop tard. Le rideau n'était plus qu'à quelques centimètres du sol.

Oui, je sais ce que vous pensez. J'aurais pu faire comme dans les films d'action, me jeter au sol, et rouler sous le rideau, passant en-dessous in extremis, pendant qu'il finissait de se refermer. Mais vous êtes marrants, vous. D'une part, je suis loin d'être au top de la forme physique. Et d'autre part, mine de rien, je réalisais un rêve de gosse : être enfermé toute une nuit dans un magasin de jouets, à quelques jours de Noël.

La première chose à faire, c'était de prévenir Maman que j'étais en mission et que je ne rentrerais pas ce soir. Sinon, la pauvrette allait s'inquiéter. Je tâtai mon costume, avant de me rappeler qu'il n'avait pas de poche, et que mon téléphone était resté dans le petit cabanon de mon stand, à l'extérieur. Flûte !

Bon, il suffisait que je trouve un téléphone dans la boutique. Il y en avait forcément un au niveau des caisses. Ou mieux : dans la réserve.

Il y avait une petite porte à quelques mètres de moi. Je m'y dirigeai, et l'ouvris.

Je me retrouvai dans une pièce plongée dans le noir et qui sentait le renfermé. Je tâtai le mur, à la recherche d'un interrupteur, quand j'entendis des voix étouffées vers le fond de la pièce. Comme si l'on parlait dans une petite salle à côté.

Je me dirigeai à tâtons vers l'endroit d'où venaient les voix. Peu à peu, mes yeux s'habituèrent à l'obscurité, et je finis enfin par comprendre où j'étais. C'était une petite remise où était entreposé du matériel de ménage, ainsi qu'une tonne de cartons empilés. Et, face à moi, il y avait une petite porte, sous laquelle je commençais à entrapercevoir un mince rai de lumière. C'était de là que les voix venaient.

Pour entendre ce qui se disait, je me penchai et collai délicatement mon oreille contre la porte. Enfin, je pensais avoir fait ça délicatement, mais le grelot de mon bonnet de Père Noël buta contre la porte et, de l'autre côté, quelqu'un cria :

— Entrez !

D'un seul coup, les battements de mon cœur s'accélérèrent, et je me mis à transpirer à grosses gouttes, et cette fois ce n'était pas la faute de mon costume en acrylique. Je me redressai et commençai à repartir vers la boutique, quand la porte s'ouvrit dans mon dos. Une voix grave dit :

— Ah, dépêche-toi, t'étais presque en retard !

J'ÉTAIS dans une petite salle minuscule. Au milieu, une simple ampoule à nu éclairait une table ronde qui occupait la moitié de l'espace. Et, autour de la table, trois Pères Noël étaient assis. Trois hommes, tous vêtus du même genre de costume que moi, qui me regardaient entrer.

Croyez-moi, je n'en menais pas large. Parce que, sur la petite table, des révolvers étaient posés. Et ça n'avait pas l'air d'être des jouets, ou alors, ils étaient rudement réalistes.

Je les saluai d'un geste de la tête, avançai d'un pas nonchalant, comme si j'étais un vrai dur, espérant simplement qu'ils ne verraient pas la tâche d'urine sur mon pantalon, parce que cela risquait d'écorner l'image que je tentais de me forger. Je m'assis, et attendis la suite des événements.

Les autres Pères Noël me regardèrent sans rien dire. Afin de passer pour un des leurs, je me mis, à mon tour, à les regarder l'un après l'autre, sans rien dire. C'est à ce moment que l'un d'entre eux protesta :

— Je comprends pas, je croyais qu'on était que quatre, et Tony est déjà reparti.

— Silence, dit celui qui m'avait ouvert la porte, si on est cinq c'est que le chef a décidé qu'on devait être cinq. T'as croisé Tony ?

Cette dernière question m'était adressée. Je n'avais pas la moindre idée de qui était Tony, mais vu que nous étions entre Pères Noël et que j'avais vu un Père Noël suspect quelques minutes auparavant, je répondis :

— Oui, euh, il avait son sac plein de jouets. Il est parti.

Un des Pères Noël ricana et dit :

— De « jouets », haha, t'es un marrant toi.

Les deux autres se mirent à ricaner, alors je fis de même, sans vraiment comprendre ce qu'il y avait de drôle, jusqu'à ce que l'un d'entre eux dise :

— Bon, au boulot.

Et il posa un gros carton qui avait l'air bien lourd sur la

table. Puis un deuxième. Comme la table était encombrée, les deux autres Pères Noël reprirent leurs armes et les rangèrent dans leurs poches.

Puis celui qui avait posé les cartons les ouvrit et en sortit des petits paquets cubiques en plastique, transparents, qui contenaient de la neige artificielle, la même que celle que l'on pose sur les vitrines pour les décorer. Sans doute qu'il s'agissait, pensais-je encore à ce moment-là, de la réserve de neige décorative du magasin, que ces malfrats s'apprêtaient à voler au nez et à la barbe de ce pauvre monsieur Becquet.

Les autres Pères Noël commencèrent à prendre plusieurs de ces paquets, et à remplir chacun le grand sac en toile de jute qu'ils avaient devant eux. Je les regardai faire, quand l'un d'entre eux me demanda :

— Eh ben, qu'est-ce que tu fiches ? Remplis ton sac !

— Euh, dis-je, je l'ai oublié à la maison.

— Mais t'es vraiment un demeuré ! Pourquoi on bosse avec des demeurés, franchement, les gars, vous pouvez me dire ?

— Ferme ta poire et occupe-toi de ton sac, dit un autre Père Noël.

Puis il me tendit un sac vide et ajouta :

— Tiens, prends celui-là, et fais gaffe mec, oublie pas que t'en as pour un million là-dedans.

J'avalai péniblement ma salive en entendant cela. Parce que, vous n'avez peut-être pas encore compris, mais pour moi à partir de ce moment-là c'était très clair.

Ce n'était pas de la neige artificielle qui était tassée dans ces petits paquets.

C'était de la drogue.

Je commençai à ranger les petits paquets de drogue dans le sac en toile de jute, comme on m'avait demandé de le faire, mais je n'en menais pas large. Je me demandai ce que Maman penserait de moi si elle me voyait faire. Je n'avais qu'une hâte : sortir de ce guêpier, me débarrasser de tout mon chargement, et prévenir la police.

Parce que je ne sais pas si vous vous rendez bien compte, mais cette histoire dépassait un peu les problèmes de monsieur Becquet, là. Elle me dépassait un peu aussi, d'ailleurs. J'étais à deux doigts de faire un malaise. Mais ce n'était pas le moment de flancher.

J'avais presque fini de remplir mon sac quand j'entendis la petite porte s'ouvrir derrière moi. Les trois Pères Noël regardèrent le nouvel arrivant, alors je fis de même.

Je me tournai, et vis un des vigiles du centre commercial. Un grand baraqué. Il ne portait pas de costume de Père Noël. Il portait son costume habituel de vigile. Un costume noir, avec une belle chemise blanche et une cravate rouge foncé, le même genre de tenue que portent les gens importants, genre les banquiers ou les présidents de la république.

Tous les Pères Noël dirent en cœur :

— Bonjour, chef !

Alors, pour ne pas me faire remarquer, je dis à mon tour :

— Bonjour, chef !

J'aurais mieux fait de m'abstenir. Parce que, pour ce qui était de ne pas se faire remarquer, c'était raté.

Tous les regards se tournèrent vers moi. Y compris celui du chef, qui fronça les sourcils, puis me désigna d'un coup de menton et demanda :

— C'est qui celui-là ?

Heureusement que je suis vif d'esprit, parce que là, pour moi, ça sentait sacrément le roussi.

Je pris l'un des petits paquets, et le lançai sur le chef, qui le reçut en pleine poire, perdit l'équilibre sous l'effet de surprise, tomba en arrière et se cogna violemment contre la poignée de la porte. Nous eûmes tous l'occasion d'entendre un petit crac inquiétant alors qu'il s'étalait de tout son long, inconscient.

Le petit paquet avait éclaté en touchant le front du chef, répandant sa poudre blanche dans toute la pièce. C'était comme s'il neigeait dans le cagibi. Une véritable ambiance de Noël.

Mais je n'avais pas le temps d'en profiter. Il fallait que je parte d'ici, et vite.

Je profitai de l'effet de surprise pour sauter de ma chaise, contourner le chef qui n'avait plus tellement l'air vivant, et sortir du cagibi.

Je claquai la porte derrière moi. De l'autre côté, un des Pères Noël criait :

— Rattrapez-le ! Il a buté le chef !

Moi, j'étais déjà de retour dans la boutique, et je cherchais une cachette.

Parce que je n'allais pas pouvoir sortir du magasin, avec le rideau de fer toujours abaissé.

CELA FAISAIT cinq minutes déjà que j'étais caché dans une petite cabane en plastique rose. Une maison de princesse pour enfant. Ce genre de jouet, ce n'est pas fait pour des gens de mon gabarit, je n'avais plus six ans, et je n'étais pas d'une souplesse à toute épreuve. Je commençais à avoir mal un peu partout.

En plus de cela, les trois Pères Noël allaient bien finir par me trouver. Par la petite fenêtre, pendant que les haut-parleurs du magasin continuaient de diffuser « Feliz Navidad », je voyais les trois crapules passer de long en large, courir dans les allées, à ma recherche, fouillant parmi les rayons débordant de jouets et de guirlandes clignotantes.

Ils avaient l'air passablement énervés, et avaient leurs révolvers à la main.

Ils bien finir par me trouver. Autant que je prenne les devants.

Après avoir vérifié que j'étais seul dans l'allée, je sortis précautionneusement de la petite maison. Mes os craquèrent alors que je me redressai. Mais je n'avais pas le temps de faire des étirements.

Je tournai au coin de l'allée. Personne.

Je regardai sur les rayons s'il y avait quelque chose qui pourrait m'aider.

J'aurais préféré être enfermé dans une armurerie, ou au moins dans un magasin de bricolage, au rayon des haches et des tronçonneuses, mais on ne choisit pas son destin. Moi, j'étais entouré de jouets inoffensifs.

Quoique... Sur l'étagère juste en face de moi, il y avait des sac de billes. Des dizaines et des dizaines de sacs en tissu, de toutes les couleurs, qui contenaient des centaines et des centaines de billes.

Et ça, dans les films, on le voit à chaque fois. Le héros verse des billes par terre, il appelle les méchants, et les méchants glissent sur les billes. Fin de l'histoire. Facile.

J'ouvris quelques sachets en toute hâte, et en renversai le contenu au sol.

Je venais de vider le cinquième quand deux Pères Noël firent leur apparition, au bout de l'allée, en criant :

— Il est là !

J'eus à peine le temps de m'enfuir et de tourner au coin de l'allée que j'entendis des balles siffler derrière moi.

Je venais tout juste de passer l'angle quand j'entendis un grand fracas.

Je jetai un œil prudent dans l'allée. Mon piège avait marché ! Les deux Pères Noël étaient étalés au sol, inconscients.

Je m'approchai, en faisant attention de ne pas trébucher à mon tour.

Puis je pris une des guirlandes clignotantes sur le rayon d'à côté, et l'utilisai pour ligoter les deux brigands. Ils étaient à peine sonnés, ils allaient vite se réveiller, pas question de les laisser filer !

J'allais ramasser un des révolvers quand j'entendis derrière moi :

— Bouge pas enfoiré !

Tant pis pour le révolver ! Je me mis à courir comme un dératé (ce qui n'est vraiment pas facile quand on fait de l'asthme comme moi) à travers les allées du magasin.

J'étais arrivé au niveau des caisses. Le dernier Père Noël n'était pas très loin derrière moi.

Face à moi, il y avait une petite porte, avec une clé sur la serrure. Au-dessus de la porte, un panneau disait : « accès interdit au public – sans issue ».

Et là, je vais vous épater, parce que j'ai été très malin.

Mon assaillant n'était plus très loin derrière moi. Il était hors de ma vue, mais j'entendais ses pas se rapprocher.

Alors j'ouvris la porte, avant de la claquer d'un coup sec, pour être sûr qu'il entende. Puis, je me cachai derrière le comptoir.

Je vis le Père Noël s'approcher de la porte, et dire pour lui-même :

— Cette fois je te tiens, crétin !

Puis il entra dans la salle sans issue.

Je bondis hors de ma cachette, refermai la porte derrière lui, et la verrouillai.

Il eut beau tambouriner, taper, tenter d'enfoncer la porte, rien n'y ferait. Il était enfermé.

Je fis le bilan. Un Père Noël enfermé dans la réserve. Un grand chef assommé par un paquet de cocaïne dans l'autre cagibi. Et deux Pères Noël inconscients au milieu de l'allée avec les billes.

Moi, Antoine Leduc, détective privé, je venais de démanteler tout seul un trafic de drogue dans un magasin de jouets, à deux jours de Noël. Maman et monsieur Becquet allaient être fiers de moi.

J'étais sur le point d'appeler la police, mais je me dis que, avant cela, je pouvais bien m'offrir une petite récompense. Ma poupée Pop Spiderman ! Je l'avais bien méritée. Elle était dans l'allée avec les billes et les deux malfrats.

En arrivant dans l'allée, je vis que les deux Pères Noël étaient toujours là, à moitié inconscients, les membres entravés par la guirlande lumineuse qui clignotait en rythme avec la musique de « mon beau sapin » qui passait dans les haut-parleurs à ce moment-là. C'était un moment féérique, empreint de magie de Noël.

Je pris la poupée Pop qui était posée sur l'étagère. C'était la dernière ! J'avais vraiment de la chance, parce que je savais que c'était une édition limitée et qu'elle était introuvable. Mais, je ne suis pas un voleur, moi, et je décidai de me diriger vers les caisses pour laisser un petit mot disant que je reviendrais payer le lendemain, quand j'aurais récupéré mon portefeuille.

C'est alors que, comme une andouille, je marchai à mon tour sur une des billes au sol, basculai, heurtai le bord d'une étagère, et perdis connaissance.

JE ME RÉVEILLAI quelques instants plus tard, dans un état bizarre, une sorte de demi-sommeil. J'ouvris doucement les yeux, puis sursautai.

Un Père Noël était penché au-dessus de moi.

Je poussai un cri. À tous les coups, c'était le quatrième

Père Noël ! Celui qui s'était enfui en fin d'après-midi !

Il venait me tuer pour venger ses petits camarades. Il m'avait réveillé pour me torturer, et se délecter de ma souffrance. Je le suppliai de m'épargner. J'étais prêt à mourir, mais je ne voulais pas souffrir.

Mais il me regarda avec des yeux d'une douceur infinie, mit son index sur sa bouche pour me dire de faire silence, et prit délicatement la poupée Pop d'entre mes mains.

Tout semblait éthéré autour de moi. Comme irréel. Était-ce la réalité ? Ou était-ce un rêve ? J'avais la tête comme dans du coton.

Le Père Noël s'éloigna de moi, avec ma poupée Pop dans ses mains. J'étais sur le point de protester, mais je perdis à nouveau connaissance.

{\centering ❦ \par}

C'EST une voix familière qui me réveilla, quelques instants plus tard :

— Antoine ! Mon poussin ! Tu vas bien ? Réponds-moi Antoine !

J'ouvris les yeux. Oui, c'était bien elle. Je me levai et me jetai dans ses bras :

— Maman !

— Oh, mon poussin, tu m'as fait tellement peur !

Je regardai autour de moi. Monsieur Becquet, le directeur du centre commercial, était juste à côté de maman. Il y avait aussi des policiers partout dans le magasin. Deux d'entre eux étaient en train de passer les menottes aux deux Pères Noël que j'avais ligotés, pendant qu'un autre passait devant nous en transportant les sacs en toile de jute chargés de drogue. Maman me dit :

— Je suis drôlement fière de toi mon poussin !

Moi, j'avais un mal de crâne comme jamais, et je ne

comprenais pas très bien ce qui s'était passé.

— Quelle heure il est Maman ?

— Il est bientôt vingt-deux heures.

— Quoi ? Mais...

— Quand j'ai vu que tu ne rentrais pas à la maison, je t'ai appelé sur ton téléphone. Ça ne répondait pas. Alors, je me suis vraiment inquiétée. J'ai appelé monsieur Becquet, qui m'a conseillé d'appeler la police.

Le directeur prit alors la parole :

— Figurez-vous, monsieur Leduc, que vous avez démantelé un véritable trafic de drogue. Ces malfrats pensaient qu'en se faisant passer pour des Pères Noël, ils pourraient transporter plusieurs kilogrammes de cocaïne au nez et à la barbe des autorités. Qui se méfie d'un Père Noël ? Personne ! Et, comme leur chef travaille ici et que nous vendons des costumes de Père Noël, mon magasin était la cachette idéale...

Il toussota et ajouta, en regardant maman :

— Votre mère Gentiane m'avait dit que vous étiez un détective hors pair, mais je ne m'attendais pas à cela !

— Je n'ai fait que mon devoir, répondis-je, fier comme un paon.

— En tout cas, ajouta-t-il, croyez-moi, en plus des honoraires qui étaient prévus, je vais vous offrir un petit supplément.

Je repensai à la poupée Pop Spiderman. Cela ferait un beau supplément. Je regardai tout autour de moi et dit :

— La poupée Pop ! Maman ! J'avais trouvé une poupée Pop de Spiderman, tu sais, je t'en avais parlé, l'édition limitée !

Elle secoua la tête et dit :

— Je ne sais pas de quoi tu parles mon poussin !

Monsieur Becquet regarda derrière lui et dit :

— Je crois qu'il nous en reste une, mais c'est la dernière

et... Ah, non, tiens, nous l'avons vendue hier soir, apparemment.

— Mais non, protestai-je, je l'avais tout à l'heure et...

Je repensai à mon rêve, quelques instants auparavant. Celui où un Père Noël m'avait pris l'objet des mains. Était-ce bien un rêve tout compte fait ? Je dis, avec des sanglots dans la voix :

— Maman, je...

— Chut, mon poussin, tu es fatigué, tu as vécu beaucoup d'émotions aujourd'hui, tu as mal à la tête. Nous allons rentrer. Tu as besoin d'une bonne nuit de sommeil. N'oublie pas, demain, nous recevons la famille pour le dîner.

LE LENDEMAIN SOIR, c'était le réveillon de Noël. Maman avait invité la famille à la maison, comme tous les ans. Elle avait mis la belle nappe blanche, et posé un chemin de table rouge (c'est comme ça qu'on appelle la longue nappe trop courte sur les côtés, qu'on pose au milieu de la table et qui sert juste à décorer). Elle avait sorti la belle vaisselle, celle qui vient de Limoges, avec des dorures sur les bords, et mis les couverts en argent qui nous venaient de l'héritage de la mémé.

Dans le fond de la pièce, le sapin clignotait. Un vrai sapin, qui sentait comme les pastilles qui débouchent le nez, et qui mettait des aiguilles partout. Pas un de ces machins en plastique moches et sans âme. Maman et moi avions passé le premier dimanche de décembre à le décorer, comme tous les ans, et, comme à chaque fois, on n'avait mis des boules que dans la moitié supérieure, parce que sinon, Minouche, notre chat, aurait tout jeté par terre.

Il faisait bon dans la salle à manger. La cheminée était allumée et un magnifique feu y flambait depuis le début de la soirée. Toute la pièce sentait bon le bois brûlé. De temps en temps, on entendait une bûche craquer.

Toute la famille était là, et ils étaient tous bien habillés. Tata Huguette, mon cousin Eudes qui a douze ans, l'Hélène, une cousine éloignée qui était venu avec son mari, un petit monsieur tellement insignifiant que je n'arrivais jamais à me rappeler de son prénom, et aussi Raymond, un vieux tonton à qui il ne reste plus beaucoup de dents ni grand-chose dans la tête mais qui est quand même bien gentil.

Moi aussi j'étais bien habillé (Maman avait beaucoup insisté), mais j'avais quand même eu le droit de garder mon bonnet de Père Noël sur la tête. Et j'étais bien content, parce que j'étais le héros de cette soirée. Maman m'avait laissé raconter mon aventure, et elle n'avait rien dit quand j'en avais rajouté un peu pour me faire mousser.

Le petit cousin Eudes me regardait avec des étoiles dans les yeux. Je vous aurais bien dit « et ça, ça vaut tous les cadeaux de Noël du monde », mais ça ne serait pas très honnête de ma part. Moi je préfère les vrais cadeaux, surtout le soir de Noël.

D'ailleurs, je venais à peine finir de raconter mon histoire que la grosse horloge du salon se mit à sonner douze coups. Le cousin Eudes s'écria :

— Il est minuit ! C'est l'heure d'aller ouvrir les cadeaux !

Nous nous précipitâmes tous au pied du sapin, sauf le tonton Raymond, qui était trop vieux pour se précipiter et qui, de toute façon, n'avait pas l'air de bien comprendre ce qui se passait.

Moi, j'avais tous les cadeaux que j'avais commandé (un jeu vidéo que Maman m'avait acheté, une paire de chaussettes Pikachu que Tata Huguette, qui connaît bien mes goûts, avait déniché au dernier moment), et même des trucs dont je ne comprenais pas très bien l'utilité (l'Hélène et son mari m'avaient acheté un drap de bain). J'étais plutôt content, et les autres aussi avaient l'air heureux de ce qu'ils avaient eu.

Alors que j'allais jeter le papier cadeau à la poubelle, Maman dit :

— Tiens, c'est bizarre... Ce paquet... Il reste un cadeau, je ne l'avais pas vu...

Elle le ramassa, et lut l'étiquette qui y était collée :

— « Antoine Leduc... » Tiens, Antoine, c'est pour toi.

J'ouvris le paquet, et ne pus retenir un cri de joie :

— Ma poupée Pop Spiderman édition limitée ! Merci Maman ! C'est le plus beau Noël de toute ma vie !

Je m'approchai d'elle pour l'embrasser, mais elle dit, l'air gênée :

— Mais... Attends, Antoine, ce n'est pas moi qui t'ai offert ça !

— Ah bon ? C'est qui alors ?

Je regardai les autres, mais tout le monde haussa les épaules.

Et moi, vous voyez, je suis quelqu'un de rationnel. Je me dis que, la veille dans le magasin, quand j'avais perdu connaissance, j'avais bel et bien rêvé. Que, quand Maman était arrivée dans le magasin, j'étais encore inconscient. Que c'était elle qui m'avait pris la poupée des mains, et que c'était elle qui me l'offrait ce soir-là, et qu'elle me faisait une blague en faisant comme si j'avais réellement vu le Père Noël. Parce que, j'ai beau être parfois un peu naïf, à trente-cinq ans, cela fait bien longtemps que je n'y crois plus.

Et pourtant... Une partie de moi-même voulait y croire. Après tout, pourquoi pas ?

Mais de toute façon, peu importait qui me l'avait réelle-ment offerte, parce que je savais que, le lendemain, pendant ma partie de jeu en réseau, je ferais des tonnes de jaloux parmi mes amis geeks, et *ça*, ça valait tous les cadeaux du monde.

À PROPOS DE L'AUTEUR

Fabien Delorme est un écrivain Français né en 1979, originaire du Limousin et vivant actuellement dans les Hauts-de-France.

Passionné par les histoires en tous genres, il est particulièrement féru de littérature policière, genre pour lequel il a écrit un roman, *L'inconnu des Shetland*, ainsi que de nombreuses nouvelles, allant du mystère en chambre close à la nouvelle noire. Il ne rechigne pas à explorer d'autres genres à l'occasion, tels que la science-fiction ou la romance.

Fabien Delorme est également conteur et comédien, et a aussi animé pendant plusieurs années des chroniques radiophoniques sur l'art du conte et sur la littérature policière.

Restez informé des nouvelles sorties et obtenez une nouvelle gratuite en retrouvant l'auteur sur son site web :

https://www.fabiendelorme.fr

DU MÊME AUTEUR

ROMAN

L'Inconnu des Shetland

RECUEIL DE NOUVELLES

Les Cinq disparus

NOUVELLES

L'Homme au costume

Quitter Portville

La Perle de Kyoto

La Maison en ruine

L'Ascenseur

La Grange au pendu

La Biche Irakienne

Soleil de minuit

Domaine de Louvanges

Mon Premier cadavre

L'affaire Jérôme Leblanc